유적에 핀 꽃

유적에 핀 꽃

초판 1쇄 인쇄일 2021년 5월 27일
초판 1쇄 발행일 2021년 6월 3일

지은이 문인기
펴낸이 양옥매
디자인 임홍순
교 정 조준경

펴낸곳 도서출판 책과나무
출판등록 제2012-000376
주소 서울특별시 마포구 방울내로 79 이노빌딩 302호
대표전화 02.372.1537   **팩스** 02.372.1538
이메일 booknamu2007@naver.com
홈페이지 www.booknamu.com
ISBN 979-11-5776-623-9(03810)

유적에 핀 꽃

문인기 사진 시집

책과나무

시인은
세상과 작별하는 순간
헤어짐의 아쉬움과 슬픔보다는
작고 정겨운 기억들 떠올리며 조용히 미소 짓는
산골짝 계곡물 같은 사람이다

모두가 주어진 삶을 마무리하며
정든 사람들과 작별을 아쉬워하는 때
그 보든 똑바는 사람늘에게
아름다운 발자취를 떠올리게 하는 동반자이다

삶을 영위하며 어쩔 수 없는
아픔과 서러움에 힘겨워하는 사람들
그들의 마음에 평안을 되찾아 주는
따뜻한 봄 같은 사람이다

활기 가득했던 지난날 추억들이
지친 영혼 되어 힘겨운 숨자락 내쉴 때
그 슬프게 처진 어깨 도닥이며
원기를 불어넣어 주는 언어의 마술사이다

시인은
천박한 탐욕과 거짓을 대할 때라도
그저 말없이 바라보며
사랑의 미소를 잃지 않는 자연인이다

어쩌다 시궁창에 빠져
튕긴 오물이 온몸을 적실지라도
허허 이럴 수도 있는 것이지
이곳에서 잘도 살아가는
작은 동물들도 있는데 생각하며
터벅터벅 잘도 걷는

바람 같은 사람이다

언젠가는 모두 낙엽이 되고 바람도 되겠지
누군가 남겨 놓은 자취들 또한 희미해지련만

그래도 또 다른 누군가 나타날
신비한 언어의 마술사들이
문인기 시인의『유적에 핀 꽃』
어루만지며 정을 더해 주려니…

仁谷 김성근(시인, 아시아 문인협회 정회원)

시를 쓸 마음을 가진다는 것, 시를 쓴다는 것, 써 둔 시를 공개한다는 것, 이 모두는 매우 용기가 필요한 행동이 아닌가 생각한다. 왜냐하면 언젠가 써 둔 시를 다시 읽으면 읽을 때마다 탐탁하지 않아 고치고 또 고치게 된다. 그렇게 고쳐진 것을 다시 읽어도 역시 마음에 들지 않아 내놓을 자신이 없다.

이 시집이 두고두고 나를 얼마나 부끄럽게 만들지 모르겠다. 소박한 소망 하나는 짧은 필력으로 창작한 졸작 시집이나마 집어 든 모든 분들이 열린 마음으로 읽고서 시에 붙여진 제목을 가지고 훌륭한 시로 완성시키는 촉매제가 되기를 바라는 간절한 마음이다.

시를 쓰면서 깨닫게 된 것 하나는, 시를 쓴다는 것은 어쩌면 평생을 두고 다듬어져 가는 인생과도 같다는 점이다. 계속 고치고, 자르고, 어휘와 위치를 바꾸는 작업이 이어져야 조금씩 시다운 요소를 갖추게 되는 것을 경험한다. 시를 쓰는 스스로도 이런 긴 수정 작업을 통해 변화하고 성숙해 가는 과정을 체험하게 된 것이 시를 쓰면서 얻은 소중한 교훈이다. 그런 점에서 본 시집의 시들은 계속 다듬어져 가야 할 '미완 시', 아쉬움이 많은 시라고 말하고 싶다.

언제나 어둠의 영은 인간의 약점을 집요하게 파고들어 비웃으며 사기를 꺾어 주저앉히고자 하지만, 하나님은 작은 강점이라도 가능성을 보시고 사랑과 격려로 다듬으시고 양육시켜 가신다고 믿는다. 그러므로 시집 출간에 부쳐 감히 용기를 내어 가지는 소망 중 가장 으뜸되는 하나는 아쉬운 시들로 엮어진 이 시집을 통해서도 하나님께서 영광을 받으시기를 바라는 마음이다.

센트럴 자바 머러바부산 중턱에서

문인기

PART 1

유적에 핀 꽃

＊

아이비가 감아 덮는 유적
그 사각의 벽 정점에
별같이 모여 핀 보라색 꽃 무리
메마른 가슴의 눈으로도 알아본다

PART 1

유적에 핀 꽃

유적에 핀 꽃

아침에 일찍 다녀간 비는
허물어져 가는 벽에서 눈물로 흐르고
슬픔의 한이라도 서린 듯
오래 닫힌 방에는 한 줄기 빛이 관통한다

비라도 오지 않았다면
시류로 메말라 가는 순례자로서는
슬픈 역사를 찾기보다는
풍상의 흔적을 벽돌에서 찾으리라

전쟁의 상흔인가
본래가 피색인가
비에 젖은 벽체는 피처럼 붉어도
창문은 한 폭의 캔버스가 되었다

아이비가 감아 덮는 유적
그 사각의 벽 정점에

별같이 모여 핀 보라색 꽃 무리
메마른 가슴의 눈으로도 알아본다

혹여나 유적의 내력을 들을까
보라색 짙은 꽃향기라도 뿜어낼까
카메라를 들고 다가간 순례자에게
꽃은 슬픈 눈으로 웃는다

* 인도네시아 센트럴 자바, 암바라와 일본군 위안부 조선인 수용소 유적에서,
  2018년 제20회 재외동포문학상 '대상' 수상작

구름 언덕

하늘을 잘라먹어 들어가는 높은 언덕도,
구름을 티뜨리는 뾰족한 봉우리도 아닌
키 큰 나무 한 그루가 망부석처럼 서 있는
멀리 들판이 잘 내려다보이는 나지막한 언덕이다

뇌성 번개로 하늘을 찢는 먹구름도,
흐린 날의 우울한 잿빛 구름도 아닌
서두르지 않고 유유한 흰 구름으로
석양이 물들일 즘이면 빨간 돛을 올려
한바다로 출항하는 범선이 된다

마을 인심을 닮은 완만한 언덕
순한 곡선 위에는 평화로운 구름 떼
아이들은 연을 띄워 바람을 낚시질하고
그 모두를 담은 호수는 한 폭의 캔버스
구름 언덕은 소박한 내 인생의 풍경화이다

수어장대 가는 길

산성 행궁에 내리는 봄비는
그날의 옥루처럼 처마에서 눈물짓고
낮과 밤은 질긴 밧줄이 되어
산성을 친친 휘감아 매일 조여 오는데

벼랑 끝 조선의 운명을 짊어진 어심을
수라간 상궁의 한숨 소리가 재촉한다

걸었을 발자국 따라 수어장대 가는 길
잠시 지나간 비로 개싸들은 해맑아도
비통한 왕의 뇌리처럼 하늘은 찌푸렸고
노송은 허리를 굽힌 채 말없이 서 있다

인도양 해변에서

순례의 여정에서
인도양 해변에 다다르니
멈춘 적 없는 파도가 아는 척 나를 반긴다

널브러진 삶의 파편들
소라 껍데기, 깨진 병, 끊어진 밧줄, 비닐봉지,
스티로폼 파편, 짝 잃은 샌들 한쪽
시련을 거친 것들이라 해변에서 해맑은데

역경을 헤쳐 왔다지만
아직도 내 자아는 날카롭고
세월의 모래밭에다 감춰 둔 것도 많아
파도가 쓸고 지나가면 죄다 드러나고 말 것을

해풍이 잠시 물러간 해변은
결 고운 비단 천, 빗질한 소녀의 머릿결
천진한 소년의 미소
아직껏 모난 돌 같은 나를 파도의 시련에 맡긴다

저녁연기

골짜기를 휘덮는 하얀 물결에
산들은 머리를 내밀고
마을들은 모습을 감춘다

발원을 모르는 하얀 물길
흘러와 계곡을 채운 후
어디까지 흘러가 덮을는지

석양도 없는 밋밋한 저녁나절
산재한 마을들이 지워지고
인간의 흔적이 다 덮인 후
호수에는 섬들만 떠다닌다

어스름 저녁 백로 한 쌍이
서둘러 날아올랐지만
둥지를 찾지 못하고 호수 위를 맴돈다

홍수 그 이후

홍수 그 이후
그 도도했던 급류의 흔적을 휘감고서
강변 나무들은 아직도 몸살을 앓는다

펄럭이는 깃발들이
사랑하는 이를 기다리며 내건
노란 손수건이었으면 좋으련만
허리 휜 나무마다
찢어지고 빛바랜 깃발들이
범람으로 겪은 깊은 상처를 호소한다

강물은 말없이 흐르는데
스산한 모래바람이 휘몰이 할 때
문득, 그때의 기억이 떠오르는 듯
가지에 걸린 깃발들이 일제히 소리친다

아이비 커튼

벽을 타고 오르다 만난 창문
벽인 듯 창을 덮었더니
반쯤 열린 아이비 커튼이 되었고
빛줄기는 잎의 색으로 방 안을 채운다

열려 있어도 가슴이 어둡더니
투과한 햇살은 붉은 에너지로
무료해 풀 죽은 소망을 일으킨다

상을 향해 앉은 나른한 오후
마음은 빨간 열정에 물들고
어두운 근심은 빛의 집념에 쫓겨 간다

황혼의 언덕에서

코발트색 바다에 금가루를 뿌리며
저물어 가는 태양은 하늘의 주인인 양
하루의 황금기를 성대하게 장식한다

차가운 달빛 따라 잠시 후
먼 길 떠날 조각구름을 불러 모으곤
따슨 음식으로 속을 채우고 밤길 가라며
성대한 환송연을 배설하는데

언덕에 앉아 석양을 바라보는
왜소한 실루엣이 된 또 다른 황혼 하나
들숨 길게 황금빛을 들이키는 소박한 소망은
작은 빛으로나마 어둠을 밝힐까 함이라

소나기

쉰 목소리로 외치는 대지의 함성
소나기는 흙을 튀기며 땅에서 춤추고
시든 들풀은 물을 마시느라 고개를 숙였다

온몸을 흔들며 희열 하는 나무들
연잎 위 청개구리는 샤워를 즐기는데
소금쟁이는 수초 사이로 재빨리 숨는다

함석지붕의 난타 연주에
처마 밑 낙숫물은 화음으로 화답하고
뒷산 숲에서는 바람의 노래
호수에는 새끼를 부르는 물오리의 외침

무료한 오후 낮잠을 청하던 촌로는
갑자기 두들기는 장엄한 광시곡에
화들짝 일어나 방문을 열었는데
빗줄기 사이로 뛰어가는 어린 자신을 본다

서쪽으로 열린 창

서쪽으로 열린 창 너머에
허공을 빙빙 도는
배고픈 솔개 두 마리

태양은 지평선에 드러눕고
종일 무질서했던 구름은
대오를 갖추어 지는 해를 환송한다

태양에서 출발한 여객기인 듯
석양 뒤에서 나타난 비행기는
긴 여정의 종착지 활주로 불빛을 조준하고서
두 날개를 넓게 펼치며 고도를 낮춘다

끼닛거리를 찾던 솔개는
어디서 배를 불리고 있는지
서쪽 하늘에서 사라진 지 오래다

저녁연기 피어오르는 마을
밭일을 마무리하며 부르는
농부의 애잔한 노랫소리는
하루를 감사하는 경건한 기도가 되어
저녁연기 향연을 타고 하늘로 올라간다

수평선 섬 하나

구름이 윗줄을 긋고
바다가 밑줄을 그은 그 사이에
섬 하나 홀로 있다

무언가 말을 하다
글을 쓰다
찍은 마침표인 듯
인생 육십에 찍은 쉼표인 듯

바다는 파도로 말하고
구름은 위에서 웃으니
까만 점 섬 하나
바다 이야기의 여유로운 쉼표

하늘길

하품하며 새벽부터 나선 길
욕심만큼이나 무겁게 가방을 꾸리고
긴 줄 똬리를 틀어 가며 검사를 받은 후
출입국 관리의 스탬프 하나 받고서야
하늘길에 오를 수 있었다

가로수 늘어선 계절의 정취는 없어도
짙푸른 휘장이 드리운 빛의 길에는
양 떼를 수놓은 양탄자로 덮여 있어
곧게 벋은 하늘길에는 덜컹거림이 없다

산들은 머리를 내밀며
저마다의 높이에 자족하고
바다는 광활한 초원으로 변하여
풀을 뜯는 한가로운 양 떼
뭉게구름 하나가 지팡이를 들고
노련한 목동처럼 초원을 응시한다

잠 설친 지난밤
하늘길 수속의 힘겨운 씨름
긴 한숨을 쉬며 시트를 젖히고
가만히 눈을 감으니 흐르는 자막 한 줄
수고한 자여, 이제 편안히 하늘길을 누려라!

행복한 에델바이스

영마루에 서서
심호흡을 하며 산바람을 불렀더니
바람은 저 홀로 아니 오고
나무들 곧게 자란 중턱 숲에서
뽀얀 안개를 불러내 함께 내려온다

실크 커튼으로 창을 가리듯
바람은 안개를 펼쳐 산을 가리고
때 만난 비탈밭 허수아비들은
덩실대며 그림자극을 시작하는데

산마을을 지나갈 때
처마 밑에서 웃던 새댁은
낯선 얼굴을 마주 보기가 수줍던지
고개 돌려 눈길을 피하건마는
걸음을 멈춰 인사하고 말을 걸었다

만남 만남이 축복이어라

아내는 주섬주섬 가위를 꺼내

새댁의 머리를 다듬어 가고

거울에 비친 변모한 자기 얼굴에

수줍음 많던 에델바이스는

행복한 웃음을 빨갛게 터뜨린다

* 인도네시아 센트럴 자바 순도로산 해발 2,000m 영마루 마을에서

＊

그루터기마저
생명의 빛깔을 잃어 가는 즈음
더 늦기 전에
나무의 이야기를 들을까 다가섰다

PART 2

어느 나무의 일생

공허空虛

땅을 파다 만난 자바원인 화석을 닮은 코코넛 두개골
땅속에다 품었던 모든 것을 내려놓고 남은 껍데기다
새순은 흙에 발을 디디자마자 걸음마로 품을 떠났고
출산의 진통도, 부어오른 몸까지도 일찍 털어 버린 듯
다 주고도 아쉬운 모성애의 주름지고 허허로운 표정

아침엔 바닷바람이 지나가다 슬쩍 들여다보고는
머리를 절레절레 흔들더니 가던 길로 사라지고
하오엔 졸린 햇살이 그늘을 찾다가 동굴인 줄 알고
슬며시 들어가 구석에 쪼그려 앉아 졸다 나갔다

초점 잃은 시선마저 허공으로 흩어져 버린 얼굴
한때는 생명을 품었었다는 변명이라도 하려는 듯
태초에 불어넣은 생기도, 따듯했던 체온도 사라진
멈춘 표정은 흙으로 빚어진 인간의 첫 표정인가

오랜 역사의 결정체라도 어딘가에 있으려나
뚫린 눈구멍에 두 눈을 대고 속을 들여다보니
결박된 세월이 기화돼 버린 듯 공허만이 퀴퀴하다
비었다는 것은 채움으로 의미를 부여할 여백이니
곁에 두고 채움의 의미를 공허한 표정에서 찾는다

미완의 시

내면에 늘어진 가지에
꽃봉오리들이 조롱조롱 맺혀 있다
빛이 비치면 피어날 봉오리들
사색의 조명이 켜지면 저마다 피어나리

반원의 무대에 조명이 켜지자
막이 오르며 배역들의 연기가 시작되고
슬픈 극이 이어지는 내내
줄거리는 자막으로 물처럼 흐르는데

누군가 흐르는 눈물을 본다 하여도
감추기보다 그 감성의 시를 쓰리라
눈물로 쓰는 시는 눈물의 울림을 주련마는
미리 내가 울지 말아야 할 까닭은
울고 싶은 사람으로 울게 하기 위함이라

공감을 소망하며 써 내려간 시라지만
다시 읽어 보면 사라져 버린 맥락의 끈
수술대의 의사처럼 자르고 옮기고 다시 이으며
시 한 편을 빈천한 시심은 평생을 써 간다

뿌리로 말하는 나무

팔 벌려 하늘 향해 환호하며
땅속으로는 천 갈래 가지를 뻗어 간다
굳은 지층을 일일이 어떤 드릴로 뚫었나
강진에도 견딜 내진설계의 굳건한 나무는
비로소 안심하고 세월의 몸집을 맡긴다

본분을 저버린 일탈인지
시추의 고통을 못 견딘 토양의 반란인지
땅속으로 뻗쳐야 할 것들이 밖으로 탈출했다

살아온 세월만큼 육중해진 몸집에다
성장을 부추기는 원초적 본능을 지탱하려면
더 깊이, 더 넓게, 더 견고히 뻗쳐야 했다
보는 이 없고 나무라는 입이 없다 해도
사명과 섬김의 영역을 저버린다면
결코 삶의 모습이 바르다 할 수는 없으리라

과욕으로 빚어진 감추고 싶은 일탈이든
고난의 세월에 맞선 마땅한 고투의 상처이든
감추거나 변명하지 않겠다는 의지로
뿌리에 맺힌 수많은 상흔을 가리키며
나무는 의연히 살아온 지난 세월을 말한다

사랑으로 막는 길

가고 싶은 길은
가야만 할 험난한 길이 아닌지 모른다
안이한 불의의 길인지 모른다

가겠다는 명분은 대개
나의 야욕이었다
누리고 싶은 과분한 행복이었다

야욕이 날개를 펼치면
필경은 두 날개로 날지 못하고
퍼덕이다
쉬 지쳐 시들 인생이고 말 것을

가고 싶은 길이라서
길을 막는 철조망에 돌을 던졌다
막다른 길 끝에서 침을 뱉었다

더 갈 수 없게 막는 벽은
갈 길을 막는 장애물인가
다른 길을 가리키는 표지판인가
투덜거리던 입을 다물고 돌아서는데
해맑은 야생초꽃 무리가
하트 사인을 하며 웃는다

상실

영원히 지닐 수 있는 것이란 없다
소중한 하나가 없어진 빈자리로
먼지바람 일어나는 평일의 시골 장마당처럼
허전하여 이리도 안절부절못한다

빈자리가 아름다워야 한다지만
잃은 것에 대한 끈질긴 집착으로
긴 밤을 지새며 불면과 대치해야 했다

비움이 채움을 위한 것만은 아니라 할지라도
상실을 어쩔 수 없는 비움이라 해 두자
잃어버린 게 아니라 비웠다고 해 두자
떠남이 있어 돌아오는 소중한 것이 있으니까
빈자리만이 채움의 실체를 느낄 수 있으니까

장대 끝 바람개비

건기의 끝자락이다
견뎌 온 마음들도 끝자락이라
긴 편지에 답장도 짧다

긴 가뭄에
여린 들풀도 아우성치는데
두꺼운 가슴은 더 메마르지 않겠나
그래도 서운한 마음이 남아
달랠 양 한 바퀴 산책을 나섰다

익숙한 길이건만
문득 막다른 길 끝에 서 있다
저물어 가는 하늘을 올려다보니
장대 끝에서 도는 바람개비 두 마리
한 방향을 가리키며 꼬리를 흔든다

바람의 길을 보여 준다
가야 할 방향을 가리킨다
바람을 거슬러서 가라 한다
메마른 가슴들을 품으라 한다

숲에 누운 나무

개울물은 노래하고
새들이 짝을 부르는 숲속
손 내미는 가지마다 악수하며
숲을 헤치고 걷다가
오래전에 드러누운 듯한
뼈댈 드러낸 고사목 앞에서 멈췄다

나이테만큼이나 오랜 성장의 세월
켜켜이 겹쳐 입은 유행 지난 옷들
빗는 낏나서 세월에나 밭겼나 보다

부러움을 샀던 화려한 일생이
덧없이 묻히는 슬픔인들 없겠나만
부귀도, 명성도, 꿈도, 자랑도 내려놓은 초연함
잔잔한 울림의 회고를 숙연히 듣는다

심해 深海

빛의 입자가 밝힌 긴긴 하루
시간이 물들인 바다가 붉게 일렁일 때
태양은 수중으로 점점 가라앉고
한눈에 알아보는 발광 물체를
먹음직한 먹잇감으로 알았던지
가오리연 한 마리가 심해에서 솟구친다

어느 나무의 일생

고원의 어느 날 폭풍우가 숲을 뒤흔들었던 밤
큰 키의 나무들은 굽실거리며 빌듯 울부짖고
오래 겪어 온 터라 그러려니 긴장을 푸는 순간
녹색 뭉게구름 같은 우아한 고목이 꺾였다

새, 벌, 다람쥐… 숲속 모두를 보듬은 넉넉한 품
땡볕에서 땀 흘린 농부들을 그늘막으로 부르고
꿀로 가득 찬 가지에 매달려 늘어진 벌집을 보며
행인들은 군침을 흘리며 눈독을 들였건만
외마디 비명을 지르며 그 자리에 드러눕던 다음 날
몸은 천 갈래로 토막 나 어디론가 실려 갔다

그루터기마저 생명의 빛깔을 잃어 가는 즈음
더 늦기 전에 나무의 이야기를 들을까 다가섰다

혹독한 환경에서도 품은 꿈으로 평생을 순응했다
꿈으로 하늘 공간을 채우고 꿈대로 땅속을 뻗으며
수없이 닥친 고난을 견뎌 낸 체험을 갈색으로
성장의 계절, 풍요로운 기억들을 크림색으로
나무의 언어로 반성과 감사를 촘촘하게 기록했다

백수는 못 누렸을지라도 마지막까지 품위를 지킨 거목
이제는 둘러선 후손들이 커 가는 희로애락을 바라보며
늘 있었던 그 자리에 그루터기가 기념비 되어 서 있다

비눗방울

방울방울
별 무리
꽃 무리
무지갯빛 새가 되어
날아오른다

그 가운데
가만히 눈 감고 서 있으면
내 안에서
영롱한 꿈들이
날아오른다

시심으로 기억하리라

만났으면서도
손잡고 반겼으면서도
웃으며 대화하였으면서도
어느 날, 어디서 만난 누구인지
기억의 저편이 돼 버린 얼굴들
잊었기에 다시 더 그립고 그립던가

간직해 둘 데라고는
내면의 좁디좁은 쪽방 한 칸
오롯이 잘 간직해 두었다 여겼건만
다가왔다 멀어져 간 차창 밖 풍경처럼
세월의 풍상에 빛바랜 사진처럼

이제는,
시심의 눈으로 바라보리라
시심의 캔버스에 그려 두리라
시어로 깊이 대화하리라
다시 읽힐 시로 써서 간직하리라

어떤 문

닫혀 있는 어떤 문을 본다
성문처럼 두꺼운 통나무로 막았다
안과 밖을 단절하는 벽처럼
안에서만 열 수 있고
허락된 자에게만 열리는 문이다

전통과 율법의 자물통을 걸고
아집으로 억누르니 박달나무처럼 굳었다
감출 수 없는 속내가 독소처럼 퍼져
화농한 부스럼이 피부를 덮었다

거부하며 굳게 닫힌 문을
말이 없는 석상이라 하였다
소통을 막는 벽이라 하였다
타협이 없는 독재자라 하였다
아집의 만년설이라 하였다
위장하고 겉으로 웃는 속마음이라 하였다

* 이집트 카이로의 굳게 닫힌 어느 문을 보고

이명耳鳴

바다가 들어가 사는
소라 껍데기로 파도 소리를 듣던 추억
이제는 소라 껍데기 없이도
해변 파도 소리를 듣는다

혼자만 들을 수 있는 은밀한 소리
단절 없는 파장의 진원지는 어딘지
육신을 가동하는 발전기의 소리인가
영혼의 주파수에 맞춘 외계의 전파인가

육신을 움직이는 동력의 소리라면
역동적 생명력이 있음에 감사하리라
우주와 교신하는 약속된 신호라면
이 주파수로 기도를 띄워 올리리라
본질을 벗어난 삶에 대한 경종이라면
이내 멈추고 돌이켜서 순종하리라

함께 걸어갈 길동무가 생겨서 반갑다

벼랑길 인생에서 위험을 알려 주니 고맙다

나만이 들을 수 있는 소리라서 소중하다

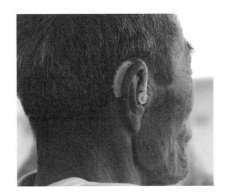

✳

언젠가
또 다른 그믐밤의 허공에서
나 또한
말하는 꽃으로 져야 할 이유를 말한다

PART 3°

말하는 꽃이 되리라

나무처럼

질곡의 세월을 나이테에 새기며
서두르지 않는 꼼꼼한 나무처럼

변덕의 계절을 역설로 품고
철마다 변모하는 지혜로운 나무처럼

폭풍의 계절을 온몸으로 막아서
희생하는 헌신의 나무처럼

혹서의 태양을 온몸으로 가려
그늘로 초청하는 섬김의 나무처럼

집 없는 새들을 불러 모아
둥지를 허락하며 베푸는 나무처럼

고목으로 베여 눕혀진다 해도
벤치가 되어 봉사하는 나무처럼

혹한의 겨울을 손들고 하늘 향해
찬양하며 기도하는 믿음의 나무처럼

5월에 누워

투명한 이파리들 햇빛 한 모금씩 머금고
하늘 아래 눈에다 녹색 선글라스를 씌운다

성글게 구름이 떠가는 하늘은 눈앞에서
순식간에 초록빛 바다로 출렁이고
태양은 물 위로 솟구쳤다가 첨벙 빠진다

농익은 계절이 이파리 사이사이로
녹은 아이스크림처럼 뚝뚝 떨어지니
오월을 보는 눈이 계절의 단맛에 시리다

앞산에서 숨어 노래하는 뻐꾸기 소리는
보리밭 고랑을 살금살금 헤치고 다가와
나른한 졸림을 토닥이는 자장가 되었고
친숙한 꽃향기가 슬며시 곁에 와 눕는다

말하는 꽃이 되리라

깊게 주름 잡힌 꽃 한 송이
허공 속으로 뱅그르르 떨어져 나뒹굴어
꽃의 번민을 주름에서 읽는다

꽃다운 화장, 꽃다운 옷을 입고서
가지에 오래 피어 있는 것만이
꽃의 영화가 아니란 걸 알았다 말한다

때를 분별하는 지혜를 얻고 나서
자리를 내려놓는 용기를 가졌다 한다
나를 비워 남을 채우는 행복을 알았다 한다

언젠가 또 다른 그믐밤의 허공에서
나 또한 말하는 꽃으로 져야 할 이유를 말한다

매미는 본능의 나침반으로 여행한다

길고 습한 어둠의 길은 어디까지 이어져 있는가
길 끝에는 있을 것만 같은 막연한 소망으로 견뎌도
존재하지 않을 허구이면 어쩌나 하는 불안도 엄습했다

청각 세포가 기억하는 똑같은 파장의 진원지엔 아직도
사랑의 고백과 질투심, 괜한 두려움의 절규가 메아리쳐
생애 내내 반복했던 두 음절 외침의 잔상이 있는 쪽으로
터널 속에서도 나침반은 본능으로 한 방향을 가리킨다

어둠 끝에는 필시 찬란한 빛의 땅일 것이라는 추측
불확실한 미래이기에 세월도 헤아리지 않고 살아왔다
문득, 옆구리가 가려워지자 어떤 큰 변화를 직감했을 뿐
자물쇠로 채워진 타임캡슐처럼 그냥 침묵하고 기다렸다

언젠가 누린 듯한 데자뷔 속에서의 헐렁한 자유로움
접혀 있는 날개와 바퀴를 꺼내 시도한 이륙이 성공했다
짧은 생, 이번만은 미움과 갈등, 막연한 두려움도 벗고
한 달의 생애를 사랑과 감사만 외치다가 돌아가련다

_ 본 사진은 사산 이태복 화백의 작품 인용

못생긴 홀로 나무

빈 들에 서 있는 못생긴 나무 한 그루를 본다
굽이쳐 흘러간 세월은 나무에다 족적을 남겼고
강물은 그 옛날 흘렀던 물길을 나무에게 물어본다

범람의 홍수를 아직도 잊지 못하는 못생긴 나무
한때, 작은 숲이 있었던 평원에 큰물이 휩쓸었건만
물살에 몸이 꺾여 꼬부랑 나무가 되어 홀로 남았다

서녘에 펼쳐진 탁 트인 시야에 외로운 나무 하나
하루 일을 마친 농부가 피곤한 몸을 얹어 휴식하고
석양을 담으려 언덕에 오른 작가의 카메라 렌즈에서
못생긴 나무의 가지에 달린 석양은 걸작품이 되었다

느린 발자국

이른 아침
달팽이 한 마리
느린 발자국을 아스팔트에 찍으며
어디를 향해 가는 것인가

진액을 다 쏟는다 해도
메마른 길을 건널 수 있으려나
진액이 말라 하얀 길이 되었다
고난의 길 비아돌로로사를 걷는가

질긴 로프의 끈기
혼신을 던진 개척
광야의 길과 사막의 강
하늘을 두들기는 갈망의 기도로다!

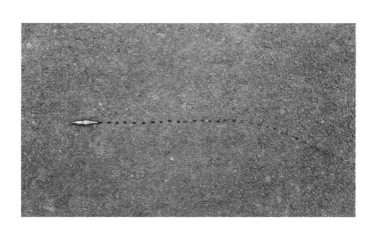

아침 안개

아침을 깨운 것은
숲에서 지저귀는 새소리였어도
정작 아침은 안개에 갇혀
헤어나지 못하고 들판에서 졸고 있다

오늘도 무더우려는지
전령처럼 달려온 안개가
태양의 기세를 누르듯 가리니
그림자극 스크린 은막에서는
나무들의 실루엣이 걸어 다닌다

새들은 전깃줄에서 세수하고

얼핏얼핏 얼굴을 내밀다 숨는 태양은

안개를 쫓기에는 아직 용기가 없다

솜같이 가벼울 안개이련만

밀어내기가 그다지도 버겁던가

바람마저 땅에 납작 엎드렸으니

나선 길 차라리 이참에

안갯길 헤치고 가 고원 끝 절벽에 서서

하얀 커튼을 젖히고 대지의 아침을 맞으리라

은화 동전만 한 태양 하나 허공에 걸리고

속내를 읽은 안개가 하나둘 흩어져 사라지니

깃털을 고르며 무료히 기다리던 새들도

안개를 털고 무리 지어 창공으로 날아오른다

적도의 한란

양철 지붕 밑 여름 같은 적도의 땅에서는 조급은 금물이다
타는 해의 열기로 더위 사냥에 겨울의 추억도 소진되었고
겪어 보지 못한 뜨거운 기후를 탈출하기에도 이미 늦었다

누가 이토록 갈증에 빈사 상태가 된 땅으로 옮겼단 말인가
처마 밑 그늘에 주저앉아 열대 건기의 끄트머리를 탄식하며
복더위 개 혀처럼 이파리마다 길게 늘어뜨리고 숨이 가쁘다

환절의 담이 무너져 먼저 차지한 계절의 독무대가 된 열대우림
예정대로라면 진작 우기가 왔었을 때이지만 비 소식은 감감하고
골목 고양이들도 그늘에 늘어져 자는 납처럼 무거운 나날이다

검은 구름이 점령군처럼 섬 중앙 고산에서 내려오던 어느 날
달궈진 양철 지붕을 두들기며 소나기가 우기의 서막을 열었다
겨울을 이기고야 꽃을 피우듯 혹심한 건기를 견뎌 낸 난분에서
마침내 적도의 더위를 극복한 승전 깃발을 꽃대 위에다 달았다

한반도의 냉기를 응결하여 맑은 향기를 제조하는 한란이건만

뜨거운 열기를 농축하여 적도의 향기를 만드는 데도 성공하고

어디든 뿌리를 내리는 민족성이 적도의 섬에다 깃발을 꽂았다

조약돌

여울목에서 집어 든
야무진 조약돌 하나
닫혔던 입을 열고 하소연한다

휩쓸려 부딪히고 뒹굴다가
햇살이 춤추는 여울목에 다다른 후
잠시 한숨을 돌리나 했었건만
각진 모서리마다 반질반질해지기까지
에이는 고통에 신음하며
물살에 맞서 외쳤던 함성조차
여울목 물소리에 묻혀 서러웠다

어디서 와서 어디로 가는 것인가
희미한 기억으로만 남은 태생과 거쳐 온 길
남은 길과 다다를 곳조차 모르는 여정

거친 세월을 굴러온 강단은

근육질 몸체로도 알아보았지만

물을 떠나서는 고운 빛깔도 잃어버리고

눈 감고 항변하는 침묵의 시위에

결국, 여울목 제자리에다 내려놓는다

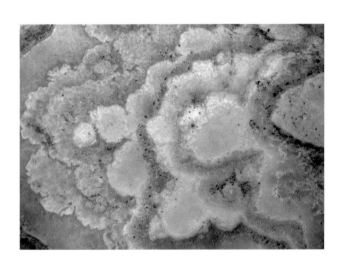

화강암 花崗岩

불을 머금은 적도 있었는데
어찌 꽃이라 불리는가
억만 겁 누르는 응축을 지탱하고
반짝이는 별꽃을 피웠다

인동초 같은 고난의 꽃이기에
사치하다고는 말 못 하리니
흔하디흔한 색 수수한 꽃잎에서
깊은 정감의 미소를 본다

수없이 밟힌 꽃이어도
밟을수록 선명해지는 자태가
시들지 않을 꽃인가 하여
서가에 꽂아 두고 꽃을 보듯 바라본다

이끼 정글

햇살이 이슬에 머물러
보석으로 영글어 가고
비까지 내리면 열대우림이 우거진다

너비 한 뼘 담장 위에
큰 눈 시선이 머무는 숲
붙들린 시심에 펼쳐지는 울창한 밀림

태양이 말리는 건기엔
갈색 검불로 변할 것이거늘
바싹 마른 줄기에도 이슬이 맺히려나

아직은 촉촉한 우기라
설레면서 아침을 기다려
연초록 숲에서 찬란한 보석을 따리라

✳

수고와 무거운 짐
다 내려놓고
가을은
긴 묵상으로 들어간다

PART 4

계절, 그 존재의 의미

삼월의 눈보라

흐린 봄날의 섬 언덕
바람은 보리밭에서 장난치고
솜털 보드라운 꽃다지는
꽃대를 세우다 말고 움츠린다

바닷물은 따뜻한 연초록빛
바위 위 다닥다닥 삿갓조개들이
긴 하품을 하는 나른한 봄의 길목

개울 옆 수양버들은
수액을 자아올리다 말고
낭창한 가지로 춤까지 추어 대니
아마 기다리던 임이 오는가 보다

더 갈 수 없는 방파제 끝
먼 수평선에 멈춘 응시
타고 나갈 연락선은 하매나 오려나
삼월, 봄 바다에 눈보라가 휘날린다

사월 그대

꽃으로 옷 입은 그대 앞에선
한 마리 종달새로 노래하렵니다

상승의 힘찬 날갯짓으로
그대 자태를 내려볼 수 있는 데까지
창공 까마득히 날아오르렵니다

동산에 누운 그대 앞에선
지난날의 그리움으로 인사를 한 후
향기가 감싼 그대와 함께
계절 끝까지 걷고 싶습니다

환절의 강변으로 향할 때에는
말없이 꽃잎 뿌리며 앞서 걷다가
미루나무 줄지어 선 강변에 서서
손들어 앞길을 축복하렵니다

겨울로 가는 길

바삐 걸어온 길
잠시 쉬어 갈까 하여
계곡 길가에 앉았더니
계절은 쉼 없이 걸어서
앞질러 저만치 간다

첫서리가 내릴 거라는
일기예보 때문인지
느긋이 걸어가던 가을이
송송걸음 지며
계곡물 단풍잎에 올라
빠르게 흘러간다

계절, 그 존재의 의미

봄은 잠자던 가을의 환호
얼음장 밑에서 침잠하다가
가을이 봄이라 외친다

여름은 짙어진 봄의 성장
가지의 잎 숲이 성글더니만
봄이 하늘을 덮었다

가을은 여름의 화려한 변신
최신 모드의 옷을 걸쳤어도
여름은 청순한 봄 시절이 그립다

겨울은 가을의 겸손과 비움
수고와 무거운 짐 다 내려놓고
가을은 긴 묵상으로 들어간다

목련화

목련화는
두 손 모아
기도하는 손처럼

목련화는
찬양하는
향기로운 입술처럼

목련화는
순결한
영혼의 심장처럼

봉오리 열어
나를 깨우니
가던 걸음을 멈춘다

눈이 내리면

눈이 내리면
강변으로 가서 눈 위로 강을 건너렵니다
발자국 따라 누군가 건널 수 있으니까요

눈이 내리면
아무 발자국 없는 강 둑길을 걸으렵니다
외로운 발자국만 선명하게 남을 테니까요

눈이 내리면
눈으로 미움을 묻고 사랑한다 고백하렵니다
인생의 밤길을 사랑만이 밝혀 줄 테니까요

바람의 언덕

나뭇가지를 흔들며
저만치서 다가오는 바람을 본다
옷깃을 살짝 건드리며 인사하고는
앞질러 멀리 달려간다

꽃비 내리는 나무 밑에서
바람의 축제를 보았다
나무를 굽혀 겸손을 가르칠 때
바람의 교훈을 들었다

소슬히 낙엽이 날리는 날에는
바람의 낭만에 젖었다
언덕에서 함박눈이 내릴 때
바람의 포근함을 느꼈다

지금은 이국의 언덕
바람 타고 스쳐 가는 낯선 꽃향기
아카시아 새하얀 향기인가
문득 나를 고향 언덕에 세운다

봄비가 내린 후

떠날 채비를 하는 겨울
먼저가 봄을 만날까 하여 남으로 달리다가
때마침 언 땅을 녹이며 느리게 올라오는
녹녹한 봄을 만났다

하룻밤 묵어가는 양철지붕 강촌 농가
봄비가 새벽을 두들겨 깨울 적에
아랫목 미지근한 온기를 끌어당기며
"비야 내려라! 하룻밤 더 묵어도 좋다."

안개가 감싼 비 그친 강촌의 아침
생명이 머무는 마을에서는
밭에 있는 농부도, 포동포동 버들강아지도
활짝 핀 봄의 꽃으로 웃는다

어떤 미소

이른 봄,
물안개 피어오르는
하얀 호수를 건져 보겠다고
카메라를 둘러메고
찾아간 호반

가는 길,
산 밑 계곡 양지에는
올망졸망 버들강아지들이
가지런한 털을 고르며
햇볕의 윤기를 머금고

봄이라지만
호수를 비질하는 바람은
아직도 차가운데
강변 식물원 온실 수련은
꽃대를 내밀었다

순수한 미소
색조 화장기의 얼굴에서
분 향기를 뿜는 꽃 한 송이
강촌 소녀인가 했더니
미리 와 기다리는 새봄이었다

언덕 위의 집

칠십여 년 세월을
한자리에 홀로 서 있는
적벽돌 견고한 집
북풍이 매서웠던 지난겨울도
풍화의 나이테를 하나 더했을 뿐
한파를 무난히 넘겼다

유난했던 겨울이
창문에서 괴성을 지르더니만
어느새 성큼 다가온 봄바람에
언덕 위 유채밭 너머로
간밤에 줄행랑을 쳤다

오늘은,

겨우내 숨통을 막았던 창문

비닐 막을 벗겨 내고

남쪽으로 창문을 열어

아지랑이 숲을 헤치고 몰려오는

봄 향기로 집을 채운다

✳

영원하신 하나님이
순간의 인생에게 다가왔어도
귀 막고 외면하면
순간을 살지라도 영원은 모르리

PART 5 °

영원에서 영원으로

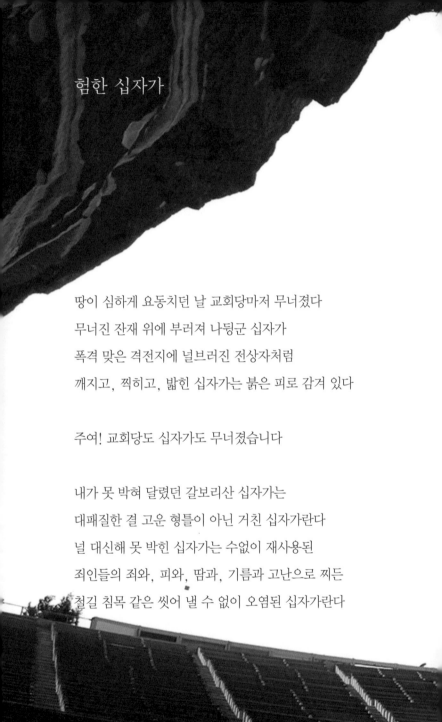

험한 십자가

땅이 심하게 요동치던 날 교회당마저 무너졌다
무너진 잔재 위에 부러져 나뒹군 십자가
폭격 맞은 격전지에 널브러진 전상자처럼
깨지고, 찍히고, 밟힌 십자가는 붉은 피로 감겨 있다

주여! 교회당도 십자가도 무너졌습니다

내가 못 박혀 달렸던 갈보리산 십자가는
대패질한 결 고운 형틀이 아닌 거친 십자가란다
널 대신해 못 박힌 십자가는 수없이 재사용된
죄인들의 죄와, 피와, 땀과, 기름과 고난으로 찌든
철길 침목 같은 씻어 낼 수 없이 오염된 십자가란다

갈보리산 오르는 비아돌로로사 끝 참혹한 언덕에
험한 십자가 하나 그리스도를 안고 절규한다
십자가, 속죄의 피가 뿌려진 성전 지성소가 되었구나
험한 십자가, 험한 세상 내 지고 갈 사명이 되었구나

* 2006. 06. 27. 인도네시아 족자카르타 대지진 때 반뚤 지역 무너진 교회 마당에서

광야의 역설

딛고 서 있는 여기 높은 산꼭대기
교만과 이기심, 자기 자랑의 정상이라
눈들을 현혹하는 화려한 겉모습도
과시로 치장한 교만의 겉옷일 뿐이니

구차한 인생이 제 모습을 찾을 길은
녹아져서 새로 빚어질 용광로뿐이로다
낮아져야 살아남을 거친 광야뿐이로다

은혜 아니면 부지 못 할 황무한 땅에서는
자기에의 끼 묻힌 자 사신을 부정하고
말씀의 나침반으로라야 생존할 것이니

연단으로 다듬어져 낮아질 광야로
녹아져 순금으로 정제될 용광로로
사망의 길이기에 새 생명으로 거듭날
저 거친 광야로 기꺼이 들어가리라

골고다

나지막한 언덕, 태초부터 저주와 죽음이 서린 곳이라 했다
해골이라는 형장에 아침부터 사람들이 모여들어 웅성인다
태양은 어제처럼 떠올라 고도를 높이며 열기를 더해 가고
못 박힐 자에게 고통의 시간을 줄여 준다는 자비의 채찍질
일찍 도착한 두 강도는 집행도 하기 전에 실신해 버린 듯
채찍에 맞은 몸뚱어리는 해진 옷을 입은 것같이 찢어지고
더 이상 적실 피조차 없는지 찢긴 살가죽은 시들어 있다

하늘엔 독수리가 피 냄새를 맡은 상어처럼 빙빙 맴돌고
형틀을 박아 세울 땅 구멍은 아가리를 벌리고 기다린다
부풀었던 기대가 바람 빠진 풍선이 되어 버린 군상들은
십자가를 점검하는 집행관이 두드리는 헛망치 소리에도
몸서리치더니 막 도착한 예수에게는 조롱의 침을 뱉고
무리 뒤에서는 승리로 착각한 뱀이 미소를 날름거린다

죄인들이 죄 없는 유일한 한 사람을 처형하는 아이러니
나무에 달린 자는 하나님의 저주를 받은 자라 하였던가
태양도 얼굴을 돌려 정오부터 세상은 암흑으로 변했다
"엘리 엘리 라마 사박다니!" 버림받은 고통이 더 컸었다
고통의 끝, 십자가상에서의 마지막 외침은 "다 이루었다!"
골고다에 메아리친 절규는 땅끝까지 울려 아직 들리는데
다 이루었다는 말의 의미엔 관심도 없는 불순종의 백성들

한 사람 외에는 온 인류가 끌려가 못 박혔어야 할 골고다
십자가 하니기 새 길을 가리키며 이정표로 높이 서 있다
어떤 과거도 그 밑에 묻으면 영원한 미래로 싹트는 언덕
죄의 독에 죽어 가는 영혼이 바라보면 살아나는 십자가다
광야 장대 끝 놋뱀처럼 죄악 세상에 높이 달린 그리스도
나지막한 언덕, 사망의 권세를 깨뜨린 부활과 사랑의 정점

앙모

하늘을 향한 우리의 앙모는
장대 끝에서 펄럭이는 깃발같이
몸과 마음을 다해 올려 드리는 기도입니다

하늘을 향한
우리의 앙모는
지붕 위에 고정된 위성 안테나처럼
한 방향만을 향해 팔을 벌린 믿음입니다

하늘을 향한 우리의 앙모는
골목길에 서 있는 가로등처럼
세상의 빛 되어 주변을 밝히는 섬김입니다

하늘을 향한 우리의 앙모는
열매를 업고 서 있는 야자수처럼
삶의 현장에서 결실을 이루는 충성입니다

어떤 연못

어느 비원의 아담한 연못
수면은 잔잔하고 물속도 평화롭다
송사리, 붕어, 소금쟁이, 물자라, 다슬기, 개구리…
수초 숲속이 훤히 보이는 안전한 품속

연못 위 하늘은 이상의 호수
간혹 폭풍이 쳐도 다시 평온해지는
구름, 새, 달, 별, 태양, 다른 은하계…
송사리는 상상으로도 다다르지 못할 무한대

어느 날 뇌성과 폭우가 요란하더니
범람한 흙탕물이 연못을 휩쓸고
폭우와 산사태의 공포도 잠시뿐
맑아도 좋고 홍수라도 어떠냐는 타락의 본성

그렇게도 요란했던 하늘을 찢는 천둥 번개를
누군가 온몸으로 막았는지 물은 핏빛인데
송사리, 붕어, 소금쟁이, 물자라, 다슬기, 개구리…
핏빛 강을 거쳐 본향의 호수로 들어간다

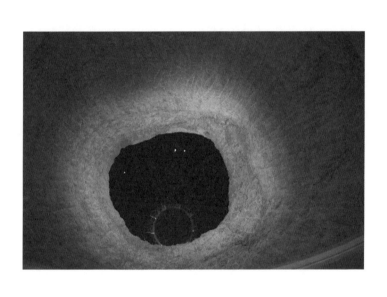

영원에서 영원으로

영원을 담을 그릇은 얼마나 커야 할까
순간에다가는 영원을 담을 수 없겠건만
유한한 인생이 어찌 영원을 사모하겠나
보이는 것만 믿겠다는 인생들에게는
보이지 않는 영원이란 무슨 의미인가

영원에서 영원으로
순간에서 영원으로
영원에서 순간으로
순간에서 순간으로

출생은 영원 전부터 예정된 영원을 향한 출발
짧은 인생일지라도 돌아갈 본향은 영원이기에
영원하신 하나님이 순간의 인생에게 다가왔어도
귀 막고 외면하면 순간을 살지라도 영원은 모르리

영적 긴장

날카로우나
남을 찌르지 않고
붉으나 독이 없으며
불타오르나 야욕의 불은 아니다

칼날 같은 예민함으로
결단에 단호하고 실천에 민첩하여
강렬한 면모가 무색지 않게
뿜어내는 향기도 강하구나

팽팽한 현실의 장력만큼이나
삶의 순간순간 이것이 요구됨은
생명력의 본질을 일깨우는
세미한 음성을 듣고자 함이라

온유

따뜻하고 부드러운 본성을
역류하는 뜨거운 피에는
유독성의 입자가 섞였는가

쓰레기통을 엎어 버리듯
상한 음식을 먹고 경련하듯
활시위에 독화살을 장전하듯
못 말릴 충돌적 발작의 증상

누구에게도 상처 주길 원치 않아
충혈된 눈을 감고 긴 호흡으로
초록빛 침잠의 온유를 마신다

혼적

철조망에 깃털 하나가 걸려 나부낀다

결박의 흔적인가
자유의 상징인가
상처를 입히는 가벼운 말투인가
냉기를 감싸는 따뜻한 배려인가

철조망은 깃털을 붙들고 놓쳐 버린 날을 후회하고
깃털은 홀로 남겨 두고 가 버린 몸통을 원망하는 듯

부끄러운 옛 자아로 단절된 아름다운 관계다
끈질긴 유혹을 떨쳐 버리려 몸부림친 흔적이다
깃털처럼 자유로운 사색의 무한한 창공이다
믿음 안에서 끝내 이루어 낸 승리의 깃발이다

* 이집트 시내산 밑 수도원 담장 철조망에 걸린 새의 깃털을 대하며

죽어야 사는 계절

미동도 없던 호수
물 위로 돌연 보트 한 대가
정적을 깨고 전속 질주로
봄의 호수를 가른다

아직 물이 차가워
느리게 채비하던 생명들이 놀라
수면을 박차고 튀어 오르며
차가운 절벽을 껴안는데

호수를 찢으며 다가오는 날카로움
봄을 향한 큐피드의 화살처럼
나를 향한 회개의 촉구처럼

기실 계절도 가고 인생도 떠나겠지만
떠난 다음에는 새외가 있으리라!
죽음 다음에야 부활이 있으리라!

축복

비 한 방울로도
축이지 못한 지 오래
꽃대궁이 기린 목이 돼 버린
가뭄의 끝자락

낮에는 잠시
마른땅을 후드득 두드렸다

기다림이 기도였나
목을 추이고도 남은 넘침이
방울방울 나뭇잎에 매달려
만족의 눈빛을 반짝인다

파종

"선생님, 그러먼요
씨를 뿌리고 모종을 심을 때는
농사꾼도 하늘에다 기도하지라!"

이른 아침
기도로 씨 뿌리고 가꾼다는
하늘로 열린 마음을 만났다
퇴비로 땅심을 돋우고
땀내가 배인 정성으로
밭고랑에다 씨를 묻고 다독인다

일은 길고 일손이 짧아
허리 펼 여유조차 없다는
빠른 세월보다 부지런한 농부
몇 마디 말하고는
다시 구푸리는 몸에 밴 겸손

밭고랑 곡선처럼 부드러운

농부의 마음 밭 옥토에다가도

사랑의 씨를 흩어 뿌리고서

고운 흙으로 덮어 다독거린다

형제어

존경합니다, 형제어
불을 지핀 듯 메마른 황무지
극한의 기후에 굳어진 돌짝밭
회피하고 주저되는 좁은 길을
의연히 걸어가는 형제를 존경합니다

사랑합니다, 형제어
험지만 골라 택하고 나서서
방해와 핍박에도 멈추지 않는 헌신
시든 풀같이 고개 숙인 갈망조차
헌신으로 일어서게 하니 사랑합니다

축복합니다, 형제여
척박한 땅에다 말씀을 씨 뿌리고
더뎌도 기도하며 오래 기다리니
추수하는 날에 냉수와도 같은
순전한 섬김의 그대를 축복합니다

상처는 스스로 꽃으로 피어난다
– 문인기의 시를 따라가며

신달자(시인)

문인기의 시는 매끄럽다. 스스로 삶을 주제를 언어를 쓰다듬으며 울퉁불퉁한 거친 것들을 매끄럽게 만든다. 마냥 기도하듯 오로지 한마음으로 공을 들이며 금이 간 곳도 못 자국이 있는 곳도 어루만져 매끄럽게 만들어 놓는다. 그렇다, 그는 모든 삶을 그 삶의 체험을 그 체험의 표현들을 어루만지며 살아왔고 그 어루만짐을 통해 오늘의 시인으로 살아가고 있다고 말할 수 있다. 그의 시는 그 어루만짐의 흔적이며 그 어루만짐의 체온이다.

그의 시에서는 그 어루만짐의 흔적이 여실히 보이고 그 체온의 느낌이 읽는 사람에게 전달되어 온다. 그렇다, 그 어루만짐을 통하여 헌신한 그의 손바닥의 암담한 자국들이 그의 시가 되고 그의 삶이 되었을 것이다.

손바닥의 암담한 자국들의 입자들은 그 수많은 찰나

의 고통들이 점으로 점으로 확인되면서 그 찰나들은 결국 "겹"이라는 시의 오솔길을 따라가고 있는 것이다. 그리고 그는 미래라는 그의 도착 지점을 향해 쉬지 않고 걸어왔을 것이다.

수백 번 고쳐 쓰면서 새로운 삶의 "집" 하나를 "시"로 연결하는 작업에 가장 큰 봉사자는 그의 상처와 고통과 외로움이었을 것이다. 그의 미래는 미소에 가 닿았을까?

아침에 일찍 다녀간 비는
허물어져 가는 벽에서 눈물로 흐르고
슬픔의 한이라도 서린 듯
오래 닫힌 방에는 한 줄기 빛이 관통한다

비라도 오지 않았다면
시류로 메말라 가는 순례자로서는
슬픈 역사를 찾기보다는
풍상의 흔적을 벽돌에서 찾으리라

전쟁의 상흔인가
본래가 피색인가
비에 젖은 벽체는 피처럼 붉어도

창문은 한 폭의 캔버스가 되었다

아이비가 감아 덮는 유적
그 사각의 벽 정점에
별같이 모여 핀 보라색 꽃 무리
메마른 가슴의 눈으로도 알아본다

혹여나 유적의 내력을 들을까
보라색 짙은 꽃향기라도 뿜어낼까
카메라를 들고 다가간 순례자에게
꽃은 슬픈 눈으로 웃는다

「유적에 핀 꽃」이다. 2018년 제20회 재외동포 문학상 대상 수상작이다. 재외동포문학상은 외교부에서 한국인으로 세계 여러 나라에 이국인의 이름으로 사는 동포들에게 위로와 격려를 주기 위해 20년 전에 만든 문학상이다. 한국인의 이름으로 한국인의 피로 여러 먼 타지에서 살아가는 그 다함없는 가슴들을 생각하며 외교부는 반드시 필요한 문학상을 만든 것이다. 그들이야말로 얼마나 하고 싶은 말이 많겠는가.

　문인기도 그렇게 시를 쓰게 되었을 것이다. 이 시를

보면 문인기의 시 창작법의 핵심을 읽게 된다. 바로 어루만짐이다. 컹컹 울어도 시원치 않을 구절구절을 억누르고 달래며 견디는 그의 감상적 눈물을 본다. 그리고 끝내 슬픈 눈으로 웃고 마는 그의 탁월한 절제력은 문학상 '대상'이라는 이름이 작아 보이기까지 하다. 심사위원 모두가 만장일치를 했으니 당연한 귀결이라고 기억된다.

살아온 세월만큼 육중해진 몸집에다
성장을 부추기는 원초적 본능을 지탱하려면
더 깊이, 더 넓게, 더 견고히 뻗쳐야 했다
보는 이 없고 나무라는 입이 없다 해도
사명과 섬김의 영역을 저버린다면
결코 삶의 모습이 바르다 할 수는 없으리라

과욕으로 빚어진 감추고 싶은 일탈이든
고난의 세월에 맞선 마땅한 고투의 상처이든
감추거나 변명하지 않겠다는 의지로
뿌리에 맺힌 수많은 상흔을 가리키며
나무는 의연히 살아온 지난 세월을 말한다

「뿌리로 말하는 나무」의 일부이다. 한마디로 "날아오르는 의지"이다. 모든 생명 있는 것은 자기 몫의 무게를 지닌다. 나무도 사람도 다 그렇다. 나무는 세월만큼 육중해진 몸을 뿌리에 기대고 그 뿌리의 강렬한 생명력은 원초적 본능이라는 이름으로 어디든 뻗쳐 나가지 않으면 안 된다. 바로 순응이다. 그 나무의 순응에 시인은 "일탈"과 "고투의 상처"와 "상흔"을 순응의 의지로 받아들이며 "의연히 살아온 지난 세월"로 시를 말한다. 겸허한 결과이지 않은가. 생명이 그 원초적 본능을 거역한다면 그것은 과욕으로 치닫게 되고 곧 의미 없는 파멸에 이르게 될 것이다. 생명의 삶은 순응과 겸손에 있다는 것을 조용히 외치고 있는 것이다.

우리가 서정시를 자기표현의 발화로 생각한다면 이 작품은 "의연함"과 "부끄럼 없음"의 이상을 자기 삶의 수용 의지로 확산시키는 힘으로 작용한다. "감추거나 변명하지 않겠다"는 뿌리의 신념이 곧 시인이 가고자 하는 시정신의 정상이 아닌가 한다. 뿌리를 바라보는 것이지만 자기의 내면을 정신을 본성을 바라보는 시라는 점에서 문인기 시인의 미래를 바라보는 것이라 해도 다르지 않을 것이다.

호수를 찢으며 다가오는 날카로움
봄을 향한 큐피드의 화살처럼
나를 향한 회개의 촉구처럼

기실 계절도 가고 인생도 떠나겠지만
떠난 다음에는 재회가 있으리라!
죽음 다음에야 부활이 있으리라!

「죽어야 사는 계절」의 한 대목이다. 물위로 돌연 보트 한 대가 정적을 깨고 전속 질주로 봄의 호수가 전쟁처럼 일순간 터지는 순간이다. 생은 이렇게 예측할 수 없이 고요가 비명이 되는 경우가 있다.

지금 이 글을 쓰는 필자 방의 창밖은 완연 봄이다. 절정이다. 기후 이변으로 순서대로 피지 않고 한꺼번에 화아악 피어 버린 산수유, 진달래, 개나리, 벚꽃, 목련, 조팝나무, 라일락까지 서로 맵시를 자랑하며 마치 돌연 바다 위에 배 한 척이 전속 질주하는 것 같은 착각을 일으키기까지 한다. 머리가 어지러울 만큼 피어 있는 이 꽃들은 거칠고 얼고 오래전 죽음처럼 침묵하던 나무들 속에서 피어났다는 것이 정말 믿어지지 않는다. 누가 저런 마술을 할 수 있을까.

삶은 지속적으로 경이롭다. 저 움이 처음 터 오르는 잎을 눈엽(嫩葉)이라 했던가. 저것이 신록이 되고 녹음이 되어 검푸르다 짙푸르다 각양각색의 표현을 달다가 드디어 단풍 들고 낙엽이 되어 낙하한다. 더 이상 나무에 줄 것이 없다고 생각되면 잎은 떨어져 나무의 겨울이 불이 되는 것이다.

떠난 다음에 재회가 있을까, 죽은 다음에 부활이 있을까. 그것은 저마다 주어진 소신의 역량으로 판단할 뿐…. 시는 적어도 재회와 부활을 믿어야 하지 않을까 하는 마음이다. 문 시인도 그렇게 말하고 싶은 것은 아닐까. 그래서 시인은 "회개"라는 단어를 사용했다고 생각된다.

　　오랜 역사의 결정체라도 어딘가에 있으려나
　　뚫린 눈구멍에 두 눈을 대고 속을 들여다보니
　　결박된 세월이 기화돼 버린 듯 공허만이 퀴퀴하다
　　비었다는 것은 채움으로 의미를 부여할 여백이니
　　곁에 두고 채움의 의미를 공허한 표정에서 찾는다

「공허」의 한 대목이다. 그의 재회 의식과 부활 의식은 "공허"에서도 나타난다. 시는 왜 필요한가, 또 시인은 왜 필요한가. 이 세상 어디에도 꽉꽉 들어찬 과욕과 개혁으로 빈틈이 없지만 사실 그 안은 텅 빈 공허라고 봐도 좋다. 그 공허를 볼 줄 아는 "뚫린 두 눈구멍으로" 퀴퀴한 내용을 들여다보는 일이 시인의 일이며 채움의 의미를 확산시키며 신선한 인간의 본성을 되살리는 개혁 또한 시인의 임무일 것이다. 그런 뚫린 눈을 필요로 해서 시인은 이 세상에 살아 있는 것이다.

역사뿐이겠는가. "공허"로 녹아내리는 역사의 한 페이지는 시인이 보는 오늘의 현실이므로 오늘의 현실에서 시인은 채움의 비결 혹은 채움으로 되살리는 시를 풀어내는 것이다. 모두 사라진다라는 의미를 다시금 깨우치면서 오늘 이 시간의 소중함을 찾는 일 바로 그것이 "채움"이 아니겠는가. 문인기의 시는 그래서 살아 있고 말하고 있는 것이다.

그렇게 살아 있음을 증명하는 "의미를 부여할 여백이니 곁에 두고"라는 말이 이 시의 전체 흐름에 큰 힘을 부여하고 있다. 당당하지 않는가, 멋지지 않는가.

구름이 윗줄을 긋고
바다가 밑줄을 그은 그 사이에
섬 하나 홀로 있다

무언가 말을 하다

글을 쓰다

찍은 마침표인 듯

인생 육십에 찍은 쉼표인 듯

바다는 파도로 말하고

구름은 위에서 웃으니

「수평선 섬 하나」의 한 대목이다. 이 시는 문 시인의 시 중에서도 어깨를 들먹거리게 하는 리듬을 탄다. 한 바탕 소리를 내어 노래를 부른 듯도 하다. 위로 한숨을 가파르게 쉬고 서서히 내리막길로 내려오다가 킥킥 웃어 버리는 한바탕 속풀이가 다 끝난 뒤의 평화 같은 것이 묻어난다. 이 섬은 외롭지 않다. 마침표보다는 쉼표로 잠시 안락을 느끼는 순간의 평화다.

이런 순간은 누가 우편으로 부치는 선물이 아니라 스스로 땀과 피로 만든 안락의 선물일 것이다. 문 시인은 모든 삶의 풍경을 내 안의 마음과 동일하게 혹은 다르게 밑줄도 긋고 윗줄도 그으며 구름 위의 웃음을 만들어 가고 있는 듯하다. 그 평화에 그 웃음에 손 얹고 싶다. 누구나 삶 안에서 이런 웃음을 소망하기 때문이 아니겠는가. 이것을 시의 공감이라고 말할 것이다.

"너도 그러냐 나도 그렇다" 이런 공감대를 서로 어깨 툭툭 치며 살아가는 것, 그것을 모두 원하지 않겠는가.

1)

함석지붕의 난타 연주에

처마 밑 낙숫물은 화음으로 화답하고

뒷산 숲에서는 바람의 노래

호수에는 새끼를 부르는 물오리의 외침

2)

더 갈 수 없게 막는 벽은

갈 길을 막는 장애물인가

다른 길을 가리키는 표지판인가

투덜거리던 입을 다물고 돌아서는데

해맑은 야생초꽃 무리가

하트 사인을 하며 웃는다

1)은 「소나기」의 한 대목이며, 2)는 「사랑으로 막는 길」의 한 부분이다.

자연의 오케스트라가 여기서 펼쳐진다. 구름 위의 옷

음이 여기 낙숫물 소리와 화합하여 오케스트라를 연주하고 있다. 낙숫물 소리, 뒷산 바람 소리, 물오리의 외침 외에 문 시인의 내면 소리의 외침도 섞여 있거나 이 모두가 문 시인의 소리라고 해도 틀리지 않을 것이다. 문 시인은 자연의 시인이다. 나무를 보며 사람을 보고, 하늘을 보고 사람을 보며, 구름·별·달을 보며 사람을 보고, 꽃·숲·호수·물오리를 보고 사람을 보는 자연의 시인이다.

이 모든 자연을 통째로 북으로 쿵쿵쿵 치며 노래하는 시인이라고 말할 수 있다. 그 소리에 모든 통념은 사라진다고 믿는다. 그리고 새로운 소나기가 쏟아질 것이다. 그 소나기의 힘으로, 그 소나기의 억센 사랑으로 새로운 생명은 탄생될 것이다.

사실 이런 장면은 문인기 시인에게 지속적으로 글쓰기의 방향으로 돌려놓을 것이다. 그러므로 그 글쓰기 방향의 희망은 눈물을 웃음으로 슬픔을 기쁨으로 절망을 다시 일어서는 힘으로 바꾸게 될 것이다. 문 시인의 시의 인자는 또렷하게 살아서 가고자 하는 방향으로 걸어가는 새 힘을 확장하게 될 것이다.

더는 못 가게 막는 벽과 장애물 앞에서 울분을 터트리는 것이 아니라 "투덜거리는" 한 인생의 인간급을 본

다. 투덜거리는 입 다물고 돌아서는데 해맑은 야생초꽃
무리가 하트 사인을 한다니…. 온누리가 둥둥둥 오케
스트라의 절정을 만들어 내고 있다. "그냥 웃지요"라는
말이 떠오르지 않을 수 없는 것이다.

생이 갖는 굴렁다리가 있지 않은가. 오르고 내리
고…. 그 굴렁다리에서 내리는 과정의 절망과 두려움을
오롯이 자기 내면의 힘으로, 그것을 시의 극점(極點)으
로, 다부지게 찍어 오르는 힘으로 사용하게 된다는 이
야기다.

혹독한 환경에서도 품은 꿈으로 평생을 순응했다
꿈으로 하늘 공간을 채우고 꿈대로 땅속을 뻗었다
수없이 닥친 고난을 견뎌 낸 체험을…

삶과 의지를 대극(對極)으로 놓고 단 한 번도 거역하
지 않고 살아온 어느 일생을 본다. 어느 나무의 일생이
아니라 어느 시인의 일생을 보면서 이 글을 마무리하려
한다. 「어느 나무의 일생」의 한 부분을 보면서 여기 공
간과 땅은 그의 꿈이다. 이 공간과 땅은 자신의 노동과
땀, 그리고 정신적 존엄성도 같은 공간에 있다.

그러므로 공간과 땅은 삶의 가치로 만들며 결국 그것

을 꿈이 시키는 길이 아닐까. 그것이 바로 그의 긍지, 빛나는 긍지일 것이며, 누구의 인생이 이와 같지 않으리. 수없이 닥친 고난을 견뎌 낸 체험은 날개가 되어 시가 되어 꽃이 되어 이 세상을 울리는 오케스트라가 되어 지금 새 힘으로 되살아나고 있는 것 아닌가. 꿈은 위대했고 그 꿈을 따르는 자도 위대했다.

　시집 출간을 진심으로 축하한다.